최효열 시집

진달래꽃에서 길을 잃다

청어

진달래꽃에서

을 잃다

최효열 시집

시인의 말

_____

내가 쓰는 시는 내 외로움에 보내는 메시지이다.

나처럼 가끔은 외로운 누군가의 외로움에 내 시가 잠시
일지라도 위로가 되었으면 하는 바람과 직간접으로 출간에
도움을 주신 분들의 따뜻한 마음을 담아 이 시집을 세상에
내보낸다.

최효열

진달래꽃에서 길을 잃다

제2부 살며 생각하며

제3부 사랑, 그 아름다운

제4부　사는 날까지

제1부

꽃그늘에서

따뜻한 가슴으로 보면 아름답지 않은 꽃은 없다.

진달래꽃에서 길을 잃다

일찍이 이런 환영은 받은 적이 없다
개나리꽃 울타리 집을 지나
앞뜰에 백목련이 핀 집을 지나
오른 뒷산은 온통 분홍빛이다
대놓고 반기는
격하나 천하지 않은 저 몸짓의,
그중 두어 발걸음 떨어진 작은 바위 뒤
금방이라도 터질 것 같은 수줍음이 곱고 고와
마음을 넌지시 건네는데
무슨 심사로 눈도 제대로 맞추지 못하게 바람은 흔들고
일찍이 춘삼월 해 꼬리는 짧아
더 짙어진 산 그림자
나보다 먼저 온 길을 지워간다
어쩌나, 나는 산중의 밤이 무섭고

꽃이 피는 밤

그리움이 있는 밤에는 꽃이 핀다
아침 뜰을 붉게 물들이는
장미꽃처럼 밤에 피는 꽃은 아름답다
뒤척이는 밤
내가 사나이가 될 무렵 들렀던
묵호항 뒷골목
작은 술집 순자가 꽃으로 핀다
수줍음은 흔들리는 붉은 등에 묻고
젓가락 장단에 삶을 담아
어둠 속에도 길이 있다고
붉은 장미꽃보다 붉은 입술로 노래하던 그 순자가

첫 키스

풋내 가시지 않은 열일곱
그해 오후 서너 시
때 이른 소낙비 지나고
물오른 가지마다
연초록 날개 나부끼는 오리나무 아래에서
가슴 달뜨게 하던,
올봄도 예나 다름없이 붉게 피는 꽃

개망초

처음 누가
이름을 불러 주었는지 모르나
달갑지 않은 이름을 가진,
볼품은 없을지라도
바람이 흔들면 흔들리며
푸른 향기를 풀어놓는 꽃
노랑나비 한 마리 흔들다 간다

아름답지 않은 꽃은 없다

달빛을 품고 잠이 든

호박꽃도

주근깨로 얼룩진

참나리도 아름답다

따뜻한 가슴으로 보면

어느 꽃인들 아름답지 않으랴

양귀비꽃

삼류는 겉을 보고
일류는 내면을 본다
예쁘다고 우쭐댈 일 아니다
쉬 지는 화려함보다
모진 바람에도
꺾이지 않는 뒷산,
노을빛 억새
떠난 계절에도 가슴에 남아있다

어달항 공원에 핀 해당화

일출로 가로등 불빛
일어서기 전까지
붉은 노을이 번지던 항
첫새벽
바닷길을 내야 하는,
초저녁잠을 찾아간 사공 없는 빈 배
저 홀로 노닐고
작은 파도 소리에도 흔들리는
터질 것 같은 저, 연분홍빛!
어이, 가슴 달구는 향기를 흘리는가
내게 이 봄밤은 긴데

수타사 뜰에 핀 장미꽃

수타사 용마루에 머뭇거리던
공작산 그림자도 돌아가고
어둠 속으로 길을 내는
목탁 소리 낭랑하더니
부처님 은덕으로 오셨는가
뉘의 스님을 그리워하는 마음인가
바라만 봐도 설레는
저, 아침 뜰을 서성이는
붉디붉은 사랑아!
어느 사랑인들 저리 붉어
마음 두고 돌아설 때
이리도 걸음걸음 가슴 저릴까

들국화

가을빛을 담은,
화려하지 않으나 향기를 지닌 꽃
어머니 가신 뒷산 양지바른 언덕
무더기로 피어 바람에 흔들린다
바람이 거칠어질수록
향기는 멀리 퍼지고 흔들린다
흔들리는 밤
열흘 달빛 부서지는 뜰을 서성이면
그리운 이 그림자처럼 진한 향기
가슴을 메우는

삼척 장미공원 2

세계를 하나로,
소녀에서 성숙한 여인까지
오뉴월을 빌려
이념도 미움도 없는 한마당
언어는 통하지 않을지라도
저마다 어울리는 색색이
곱고도 고운, 그중
조여 오는 땡볕에서도 굳건한
검은 피부의 여인아!
그대의 근본을 내 묻지 않으니
쉬 떠나지 못하는 나를
행여 me too라는
올가미로 탓하지는 마시게

지금 뒷산은

아무리 세상이 어수선하다고
꽃보다 못한 것들이
꽃도 아닌 것들이
꽃이 될 수 없는 것들이 꽃인 양
봄이 왔다고
향기 대신 허영을 날리고
여덟 팔 자 걸음으로
거리를 어지럽히는 이 봄이 낯설다
절이 싫으면 중이 떠나라고
해 질 무렵 서둘러 오른 길
턱밑에 찬 거친 숨이 대수냐
분칠하지 않아도 아름다운,
바람 따라 흔들리는 꽃들이 난리다
진달래꽃 개나리꽃 산벚꽃의 향기로
내가, 뒷산이 어지럽다

시로 꽃을 피울 수 있다면

시로 꽃을 피울 수 있다면,
핀다면
마음을 어지럽히는
분 냄새가 아니라
맑고 푸른 향기가 나겠다
그리워하는 가슴과 가슴 사이
꽃보다 아름다운 꽃으로 피겠다
꽃 핀 가슴 붉게 익어가겠다
때 되면 질지라도, 지고 나면
잊으려 해도 잊지 않는 가슴
연록으로 물들어 가겠다

해국

바람 따라 왔는지
이슬 따라 왔는지, 모를
나 몰래 와
해변을 서성이는 여인아
그대 치맛자락을 흔드는 건
산들바람인데
어쩌라고 내게 들어
품을 수 없는 가슴을 적시는가
붉게 물드는 저녁도 서러운데

할미꽃 2

어머니 가신 뒷산

언덕배기에서 봄볕을 쬐는 꽃

수줍은 모습에는

어머니 서성인다

저승에서도 놓지 못한 인연

꽃으로 오셨다

어머니 등 굽은 꽃이 되었다

수타사 연꽃

낭랑한 목탁 소리 앞세워
절절해지는 불경 소리
몇 날 며칠
담장을 넘나들던 다음 날 아침
하늘을 향해 꽃잎을 모은 건
모두를 우러러보라는
부처님의 뜻이 담겨 있지요
탁한 물속에 뿌리를 내린 건
어디에 머물더라도
아름다워지라는
부처님의 가르침이지요
꽃과 잎은 다른 색이지만
가녀린 몸을 빌려 조화를 이루는 것은
서로를 보듬어 사랑이 되라는
부처님의 부탁이 아니겠는지요

분꽃 1

꽃보다

아름다운 게 사람이라지만

분꽃에서는

마음을 어지럽히는

분 냄새가 안 난다

울릉도 동백꽃

부끄러움으로 붉어졌느냐
얼얼한 해풍으로 달아올랐느냐
뉘라서 저리도 고울까
저리도 수줍으랴
바람만 스쳐도 부서질 것 같은 아이야,
뉘 그리워
봄보다 앞서 언덕에 올랐느냐

붉은 장미꽃

엊저녁에는 보이지 않던,

이른 아침부터 상기된 처자

아랫집 담벼락에 기대

분 냄새를 동네방네 흘리네

분 냄새에 취한 홀아비 어정쩡한

저, 걸음걸이가 수상스럽다

덩굴장미

아랫집 담벼락을
댓바람부터
서슴없이 기어오르는
성깔 있는 가시나
끼 많은 가시나
매력덩어리 가시나
하지만 품기에는 후환이 두려운 저 가시나
묘한 눈웃음으로
애간장을 녹이네

해당화

때 이른 무더위
날카로운 촉수를 들이대는
한낮을 피해
7번 국도를 따라
망상으로 가는 길
바다 풍경을 담은 열차는
지친 걸음으로 지나치고
비켜선 길옆
애인도 아닌,
곱기는 하다만 고 앙큼한 것이
어쩌다 내게 들어
걸음걸음 밟히는가

호박꽃, 지다

호박꽃도 꽃이라고,
나는 비아냥대지 않는다
천만년을 살 것처럼
야욕에 양심마저 저버리다
햇살이 머물던 창문에
노을이 슬픔처럼 번지면
눈물 담은 트로트 한 가락에
허한 가슴 달래는 나보다
때 되면 질 줄 아는,
질지라도
한 시절 향기를 품었던
네가 아름다워서

제2부

살며 생각하며

아픔도 사람의 일이므로 사랑해야 한다.

두견주

예순일곱 해 정월 초이틀
일흔을 넘긴 큰누님이 건네준
노란 보자기 속 두견주 한 병

아직 추위는 어둠을 벗지 못하는데
봄보다 일찍 누님이 피운 진달래꽃

또르르, 잔을 채우는 소리 맑고
흩어지는 향기 따라 봄바람이 살랑인다

아랫집 소여물 붉은 입김으로
손등에 덕지덕지 앉은 추위를 벗길 때
실바람처럼 다독이던 누님아!

은행잎 물들어가던 밤 가난을 털어낸 엄니
하얀 바람 되어 떠난 뒷산에도
머지않아 진달래꽃 만발하겠다

묵호등대에서

나른한 오월 볕에 졸던 바다
제 몸 위에 해무를 풀어 놓는 오후 서너 시
난간에 턱을 괴면
침묵에 든 도째비 골*에서
알아들을 수 없는 언어로 조잘거리는
참새였다가 꾀꼬리였다가
잡으려 해도 잡히지 않는 한 마리 새
푸드덕 날개를 털며 날아간
초록봉*에 저녁이 오면
새의 언어는 기억나지 않는다
날아간 새는 돌아오지 않음으로
옛 기억을 지우는데
지워진 수평선으로
서둘러 길을 내는 등대의 눈빛이 애절하다

*도째비 골: 동해시 묵호등대 옆에 있는 지명
*초록봉: 동해시에 있는 산

마음을 씻다

고목에 새 생명을 불어넣는

딱따구리 맑은 소리로

마음속 한 줌 허허로움을

다독이는 목탁 소리로

공작산을 베개 삼아 잠들었다

깨어나는 수타사 아침

깊이를 가늠할 수 없는

푸르른 전설을 품은

용담에서 우렁차던,

총무 스님 이른 산책길을 돕던

공작교 아래를 지날 때

작아지는 물소리에서

주지 스님 손바닥에 핀 산수유꽃

붉은색보다

강하게 느껴지는 노란색에서

결코 서두름이 없는

나우 스님의 걸음에서

명예도 한낱 거품 같은 허울이었음을

무릉계곡에 앉아

절벽의 솔은 위태로우나
변함없이 푸르고
신선이 노닐었을,
무릉반석을 품고 흐르는
낭랑한 물소리로 귀를 씻다 보면
나는 없고
새털구름만 물 위에 떠간다

오월

내 고향 동해시 일출로
오월은
골마다 아카시아꽃 향기로
옛사랑을 떠올리는 계절
아카시아꽃은 피고
달이 없어도 환한 밤
밝은 숲에서
아카시아꽃 향기가 나던,
그 아이도 나도 없지만
꽃은 피고
골마다 향기는 흩어지겠다

무릉계곡에 들다

힘든 삶보다
멀어지는 인연을 잡을 수 없어
아파하는 사람, 한 이틀 쉬어가자

인연은 나뭇잎에 머물다 가는
붉은 바람과 같아 잊으라 하고

슬픔은 무릉반석을 안고 도는
물처럼 아름다워 품으라 한다

절벽에 소나무 경이로울지라도
흩어지는 삼화사 풍경 소리
삶도 죽음도 덧없다 한다

컵라면을 먹다

혹자에게는 안중에도 없는,
주머니가 마른 이에게는
설움의 한 끼인 그 흔한,
고관대작 혓바닥으로는
느낄 수 없는,
잠시 일손을 놓고
십 분의 여유로움으로 맛보는
뉘 부러우랴, 몇 백 원으로 얻는 행복

높은 곳

위선의 날개로는 오를 수 없는

높은 곳은 신의 영역이에요

혹, 신이 실수하여
날개를 빌려주었다 하더라도

탐욕을 찾아 오르지 말아요
추락하는 것에는 이유가 있어요

높이 오른 종달새처럼
아름다운 노래를 들려줄 요량이 아니라면

더는 높은 곳을 오르려 하지 말아요

신의 자비에도 한계가 있어
늦은 밤 눈물은 닦아 주지 않아요

날개가 없는 당신

신은 여기까지만 허락했음을 잊지 말아요

봄은

때 이른 빗소리에 묻어서 온다
꿈에서 본 어머니 미소에서도 온다
새벽을 털어내는
참새 날갯짓에서도 온다
이월 초순 북평 오일장
서두르지 않는 발걸음에서도 온다
한낮이 기운 두 시쯤
툇마루 깊숙이 번지는 햇볕에서도 온다
쉬 뒷산을 넘는 해의 꼬리가 아쉬워도
설레는 마음은
매화꽃이 핀 밤이 환하기 때문이다

어달항 이야기

  이슥하도록 자장가를 들려주던 바다. 어디서 무슨 일이
있었기에 눈곱이 떨어지지 않은 새벽, 성난 황소처럼 씩씩
거리며 달려들다, 제 몸 부서지도록 방파제에 부딪혀 화를
이기지 못해 게거품을 토하고, 부둣가에는 며칠 바닷길이
열리지 않는다는 것을 몸으로 먼저 느끼는 몇몇이 설익은
일기예보다. 사공의 감으로 만선의 깃발이 펄럭이던 시절
을 술잔에 담아낸다. 비와 바람과 눈보라로 거칠어진 바다
를 잠재우던 청춘을 담아내는 술잔은 뜨겁고 직선을 고집
하는 퉁명스러운 말투는 거침없다. 밍크고래가 정치망에
걸리던 이야기에서는 목울대가 꿈틀거리고, 바다를 팔아
서 자식들 시집, 장가보내던 기억은 가끔 성난 바다에서
길을 잃는다. 하지만, 가난의 대물림을 끊으려 바다가 된
아버지의 이야기는 애틋하여 잔은 말없이 넘칠 때, 비바람
을 삼키는 바다는 한동안 침묵에 들고, 뱃사람이 싫어 우
리의 영자가 떠난 밤처럼 다 비우지 못한 잔에는 어둠이
내린다.

공작교*

비켜 가는 스님
장삼 자락에 바람이 너울거려요
약수봉을 오르는 비탈길도
비탈길을 오르는 사람도 붉어요
고개를 돌리면 손을 잡고 내게로 오는
산. 산. 산.
하지만,
머지않아 공작산을 배회하던 먹구름
수타사 용마루에 쌓이면
공작교에 선명한 것은 스님보다 먼저
떠돌이 얼룩무늬 들고양이 발자국이에요
그러나 흔적에 연연하지 말아요

물소리 목탁 소리

왔다가 무심히 흩어질시라도

계절을 마다하지 않고 낭랑하고요

가장자리에 좌우 마흔여섯 송이 연꽃을 피워

극락으로 가는 길을 밝힌,

어느 석공의 열정이 아려요

*공작교: 홍천군에 있는 수타사 입구에 있는 다리

고독은 슬픔이 될 수 없다

땅거미 고물거리는 저녁 사이로

내리는 봄비

마음을 촉촉이 적시면

네다섯 평 검은 방은 낙서장

눈을 감고 마음 여리던 누님

손톱을 물들이던 봉선화를 그리면

나는 향수에 젖는 한 마리 나비

동풍에 흔들리는 해당화를 그리면

나는 분분한 향기에 취한 나비

밤은 깊고, 이쯤에서 나무를 그리고

나뭇가지에 푸른 옷을 입히면

가지마다 날아든

더러는 모르는 새들과 새들이 노래를 부른다

앞마당 모퉁이에서 서성이던,

외등 불빛을 빌려 한껏 요염한

비에 젖은 붉은 장미꽃 흔들리는,

애인이 그리운 밤

해 질 무렵

지는 해가
하늘에 노을이라는
그림을 그려
아름다운 저녁을
만들 수 있는 것은
사랑
배려
믿음
성실
나눔
용서
인내의 색을 담은
하루가 있었기 때문이다

슬픔은 한밤에 내리는 이슬처럼

달무리에 갇힌 달
가는 길을 잃었던 밤
굽이진 길로만 오신
팔순 중반을 갓 넘은 어머니
몸져누운 지 삼 년
못다 한 삶을 지우며
골목을 지키던 외등 뒤로
긴 그림자를 남겼지요
오고 가는 것은 사람의 일인지라
애써 마음을 추스르지만
가끔은
당신의 그림자에 갇히면
스며드는 슬픔은
한밤에 내리는 이슬처럼

대수롭지 않게 여길 때

어달항, 터줏대감
문어를 잡아 삶을 만드는 박 선장
해장술에 눈만 껌벅거리고 있을 때
바다에 떨어지는 빗방울
작은 파문을 만든다
작은 파문에도 바다는 흔들리고
떠도는 갈매기 날갯짓이 분주하다
분주한 날갯짓에 실린 남동풍
길 건너 텃밭,
비에 젖은 매화나무를 돌아가는 동안
윗집 사십 대 후반 총각과
오십 대, 아이 셋 딸린 아랫집 홀어미
눈 맞아 야반도주했다는
뜬소문처럼 커지고
덩달아, 거칠어 질대로 거칠어진 바다
방파제를 넘나들고
비린내 질퍽거리는 부두
정박해 있던 배들도 술잔도 소란스럽다

어달항에 앉아

오월은 물비린내보다
아카시아꽃 향기로 질퍽거리는 항
물결무늬를 그리던 바람의 자리
붉은 저녁이 물든다
물든 수면은 노승처럼 평온하다
평온하게 내리는 어둠 사이로
새벽 물길을 열어야 하는 사공
초저녁잠을 찾아 가고
삶을 품은 항에도
쉬 비우지 못하는 잔에도
별 하나 뜨고 별 둘 뜨고
걸음을 서두르지 않아도 좋아라

가을비 2

그리움처럼
아주 먼 데서 앞산을 넘어, 비
꽃이 진 앞뜰에 내린다
큰누님 시집가는 날
장롱으로 키우던,
아버지 가고 없는 묵정밭 모서리
무성한 오동나무 잎에도 내린다
그리움으로 채운,
다 비우지 못한 잔에도 내린다
머위잎 아래
귀뚜라미 울음은 오고 가는 세월이 아쉽고
나는 젖어 들고

아름다운 밤 2

인적은 끊어졌어도
구절초 향기 달콤한 밤

소슬바람에 실린 달
어둠을 지우고

첫사랑을 담은 시는
빈 잔에 술을 채우고

시로 채워진 술잔은
삶의 여백을 채우고

나는 천사를 보았다

소리 없는 웃음으로
뽀얀 얼굴에 물결무늬를 그리는

티 없는 눈동자에
수 없는 별들이 피어나는

복사꽃 향기가
반쯤 벌어진 입술 사이로 흐르는

품에 안긴
갓 백일을 지난 외손녀

벗

새벽이슬에 촉촉이 젖는

도랑 건너 찔레 덤불에서

눈치 없는 참새무리

끝 모를 수다

겨우 든 잠을 깨우는 이른 아침

짜증이 나다가도

독수공방,

나와 함께 한다고 생각하면

고맙기도 하지

제3부

사랑, 그 아름다운

사랑하더라도 그 사람을 다 알려고 하지 말라.
열에 하나는 그 사람의 신비스러움으로 남겨 둬야 한다.

안부를 묻다 2

마냥 푸르던
앞산이 붉게 타오르면
옛 시절이 그리운
나의 계절은 황혼입니다
옛 추억을 잡고 있는 황혼이
외롭지만은 않습니다
머지않아 밤이 오면
내게로 와 벗이 되는 별이 빛나기 때문입니다
내게서 길을 찾지 못했던,
그대의 저녁 하늘도 붉게 타오르는지요
그리고 별이 뜨는지요

첫사랑 1

백목련 피고 환한 봄

비가 먼저 왔는지

바람이 먼저 왔는지, 모를

꽃 떨어지고

봄 같지 않은 봄

세월을 두고 잎만 푸르러

산

탓하지 마라

그림자만

해를 따라 돌고

오고 가는 것은 계절뿐

돌아앉은 적 없다

자리를 벗어난 적도 없다

그리움

지난해 봄
부처님은 가슴에 있고
스님이 머무는 곳이 절이라는
수타사 나우 스님
형식보다는
마음가짐이 중요하다는 말씀
곱씹어 봐도
나는 사람이라서
뒷산에 산벚꽃 진달래꽃 제비꽃,
꽃이 피면 붉어지는 가슴이 있어 길을 나선다
길은 끝이 없어
가다가 지친 저녁에 돌아오는 길
스무사흘 달빛도 애잔한 일출로에
밀려오는 파도 소리만 슬픔이 아니더라

봄날은 간다

오는 봄만 아니라
가는 봄 속에도 꽃은 핀다
백목련이 피고
진달래꽃이 핀다
봄에는 아픔도 꽃으로 피고
촌부의 외로움도 꽃으로 핀다
사랑이 빚은 상처도 꽃으로 핀다
살다 보면 미움도 꽃으로 피는,
이 봄날에는 다 꽃이 된다
사랑하자 피는 꽃을 보듯이
예전과 같지 않은 봄이 가고 있다

첫사랑 2

흔들리는 어깨를
흔들리는 마음을 추스르고
추억을 더듬는 시간은 몹시 쓸쓸하였다
그런 나를 애써 외면하고
뒤뚱거리는 꽃가마 속에서,
분홍 옷고름으로 눈가에 핀
가난을 훔치던
만개하지 못하고 떠난 열아홉,
너는 한 송이 백목련!
덧없는 세월에도 오롯이 남아
설익은 봄이면 명치끝에 걸려 아리다

삼월은

이미 설레는,
뒷산 언덕배기로, 골로
달뜬 꽃들로 아수라장이에요
매화꽃이 머뭇거리는 동안
바람이 흔들 때마다 눈웃음 짓는
진달래꽃이 곱기만 하고요
텃밭 언저리는 내가 태어나든 해
아버지가 심었다던,
살구꽃만으로도 한낮이에요
삼월에는
애인이 없어도 외롭지 않아요
꽃이 흘리는 향기를 따라가다 보면
십리 길도 한걸음이에요

우리

참으로 아름다운 말, "우리"
그대가 있고 내가 있어 완성되는
그 말속에는
인내와 배려와 믿음과 용서
그리고 사랑이 함께 한다지요
아픔도 꽃으로 피울 수 있는 우리
거저 얻어지지 않는 우리,
우리는, 우리를 아름답게 할 만큼 성숙해요

봄밤

일출로 217-12 오르막길
어둠에 들면
구름을 걷어낸 달빛
쉬어가는,
내 나이만큼 세월을 삼킨
윗집 살구나무
가지마다 꽃 피는 소리
꽃 피는 소리도 버거운데
환장할, 향기마저

그리움 2

꽃잎에 머물다간

봄바람 같은,

형체도 없는 것이

달빛 부서지는 밤

눈을 감으면

붉은 장미꽃보다 붉게 피는

수타사의 오월

흐르는 물을 따라서
바람의 길을 따라서 가는
수타사 추녀 풍경소리
푸른 잎 틔우면
대광전 염불 소리 꽃을 피운다
가는 길마다 색색이 꽃이다
굽이 도는 길마다
저마다의 향기로 흥건히 젖어있는
길을 밟고 가는 나그네
길에서 길을 얻는다
명예나 미움도 부질없는 꽃길을

가시

그리움이 있는,
밤에 피는 꽃은 가시가 있다

장미꽃도
해당화도
찔레꽃과 아카시아꽃도

너도 꽃이었던가 보다

네가 생각날 때마다
나는 잠들지 못하고

찔린 듯 가슴이 아린 걸 보면

그리운 것은 멀리 있다

달무리 지는 밤

약속을 두지 못한 아침은 멀고

술 한 잔에 얼굴을 떠올리고

술 한 잔에 이름을 쓰고

쓰고 지우고 또,

네가 그립다

삼척 장미 공원

오십 천을 따라
작심한 듯 일어선 오월 눈부시다

눈부시다
아프리카 소녀에서 유럽 여인까지

색색에 찔린 눈은 아리고
향기에 젖은 가슴이 비틀거린다

돌아서면 따라오는 듯
가다 돌아보고 또 돌아보고

피맺히는 그런 절절한
사랑놀이라도 해 볼 걸 그랬나

첫눈 2

애인도 아닌 것이 설레게 하는,

허공을 밟으며 온다

허공에서 나부끼는 치맛자락은 소리도 없다

소리 없이

가슴에 묶어둔,

첫사랑 이야기를 흔들고 있다

폭설 2

저녁부터 내리던 눈
이른 아침 추녀 턱밑까지 자라
걸어서,
이삼십 분이면 갈 길을 지우고
약속의 시간은 가슴에서
바싹바싹 말라가던,
다이얼 전화기는 한참 가야 하는
구멍가게에나 있던, 옛적
어긋난 약속이 애틋하여 무엇하랴만
다 못 잊어 생각에 젖는 하얀 밤
눈덩이처럼 커지는 아쉬움
못다 채운 술잔에서 찰랑거린다
문밖에는 몇몇 날 고립되어도 좋을
눈 쌓이는 소리
멀리 개 짖는 소리

내 사랑은

장미꽃을 좋아하는 그녀
장미꽃 향기보다
달콤한 향기를 지녔다
오월의 푸르름보다
유월의 뜨거움이 어울리는
내 사랑은 정열의 여인
하지만 너무 멀어
이 저녁
내 그리움은 노을로 타오른다

그리움이란

어렵사리 한 생을 지탱하는,

백 년의 무게로

뼈 마디마디 신경통으로 신음하는 집

베개를 안고 뒹구는, 쉬 오지 않는 잠

사랑이란 붉은 글자를 천장에 그리면

붉은 것들은 다 꽃이 된다

꽃 속에는 어제보다 커진 그림자가 스민다

그리고, 긴 한숨

홀로 있는 시간

천장에 매달려 늙어버린

U자 형 형광등 치매에 걸린 듯

가끔 깜빡거리는,

깜빡거리는 옛 기억을 더듬어가는 시간

꽃이 핀다

그리운 것은 붉은 꽃으로 핀다

더러는 피었다가 눈물 속으로 지고

제4부

사는 날까지

가다 힘든 날은 뒤돌아보자.
추억 속에 위로가 될 빛나는 별 하나쯤은 있을 터이니…

일출

노을 속에 머뭇거리던
달을 삼키고 태몽을 꾼 바다
산통이 가까워지자
수평선에는 갈매기 울음 요란하다
서둘러 붉은 비단을 두르고
기다림을 채우는 하늘은 심오하다
그런 하늘의 뜻을 받아들인 동해
거친 숨 한번 몰아쉬고
서슴없이 한 덩어리 피를 토했으니
물비늘이 일어서고
꽃이 피고
길이 열리고
오, 빛나는 희망이여!
뜨거움이여!

부끄러움을 알게 하는 찬란함이여!

양미리를 굽다 2

섣달 한낮은 옆으로 기운지 한참
첫눈이 내릴 것 같은 풍경을 밟으며 찾아든
동해시 중앙시장 골목
"제철 양미리구이" 메뉴가 뚜렷한 주막에는
파도 소리를 기억하는 바다
독사의 혀처럼 날름거리는 연탄불 위에서 몸을 비튼다
바다가 몸을 비트는 동안
육십 대여섯은 됨직한
주모의 눈가에 핀 물결무늬의 주름에서
표류하는 부표일지도 모르는 나는
어달항처럼 정겨움을 느낀다
문밖은 뜬소문처럼 커진 바람이 덜컹거린다
몸을 비틀던 바다가 토한 비린내가 나를 삼키고
나는 제맛을 내는 거룩한 주검에 대해 경의를 표하는데
다 비우지 못한 잔에는 슬픔 같은 별이 뜬다

유월의 아침에

오월의 마지막 밤
쉬 잠들지 못함은
머물지 않은 세월 탓도 있지만
기다리는 아침이 있기 때문이다

누군가 올 것 같은 눈부신 아침이다
술잔에 담아 음미하고 싶은,
못다 한 사랑을 위한 달이다
산들바람에 실린
앞산 뻐꾸기 울음은 슬플지라도
풀의 숨소리는 어제보다 거칠고
향기는 더 푸르다
못다 핀 꽃이여!
이 유월에 다시 한번 가슴을 열어라

아름다운 노동

새벽을 깨워 길 떠난 청춘
구름과 같아 간 곳 모르고
가는 세월 헛되이 보낼 수 없는 늘그막
흐르는 땀 등에 업고 휘청거리는
하나둘 별들이 일어나는 늦은 저녁
옹알이하는 외손녀
첫돌 선물비를 마련하여 접어든 골목
볼을 핥아오는,
성깔 더러운 이월 초 바람마저도 살갑다

무지개

소낙비 지나간
질퍽한 길 앞에 두고
온길 그리워 돌아보면
다시 건너기에는 늦은
머뭇거리는 푸른 신호등 너머
우뚝,
벌린 두 발 수평선을 딛고 핀,
내 젊은 날처럼 쉬 가버릴
소낙비의 눈물 꽃

찾습니다

무지개를 향해
초원을 거침없이 달리던 소년을 찾습니다

수줍은 미소를 띠거나,
잇몸을 드러내며 웃는 꽃들의 옆을 지날 때
얼굴 붉어지던 소년을 찾습니다

허기진 달
식탁에 오른 물그릇에 쉬어가는 늦은 저녁

젊음과 늙음의 거리를 계산하는 껍데기
남은 삶을 현상금으로
잡을 수 없는 무지개를 찾아 떠난 소년을 찾습니다

때늦었을지라도

마지막 나를 위한, 쓰고 싶은 시 1

쏘다니던
하루가 노을이 물든 창에서 저물면
한 마리 짐승

어둠이 익어갈수록
멀어지는 달을 향해 울부짖는
일찍이 나는 짐승

내게 남은 길, 그 길
한 송이 꽃 피어 있으면 좋겠다
피울 수 있으면 좋겠다

그리하여
그 꽃에 벌 아니면 나비가 되고 싶다

그 꽃, 바람의 붉은 입김 앞에 지면
나 또한 지고 말지라도

마지막 나를 위한, 쓰고 싶은 시 2

그래, 나는 벌이나 나비
네가 꽃이 아니었으면
일찍이 나는 한 마리 짐승

네가 꽃이 아니었으면 단언하는데
나는 어둠을 자해하는
한 마리 짐승에 지나지 않았다

아름다움은 세월을 거스르지 못하고
쉬 사라지지만
향기는 세월이 흐를수록 짙어지므로

그러므로,
나는 너의 내면에 이끌린 나비 아니면 벌

네가 폭풍우 속으로 사라지면
나 또한 사라지고 말지라도

서러울 것 하나 없는

외로움의 이면

술잔을 마주할 벗은
멀리 있고
달빛과 아카시아꽃 어우러져
낮보다 환한 밤
채우는 잔은 외로울수록 넘치고
도랑을 건너는 물소리와
머위잎 아래 풀벌레 소리 맑아
밤 깊은 줄 몰라라

떠난 것에 대한 애상

그물질 끝낸
김 선장 얼굴에 핀 소금꽃
지는 햇살에 빛나면

지친 하룻길

오가는 이들 얼굴에도 노을이 핀다

노을과 인연의 밑바탕은 아름다움이다
하지만 아름다움은,
아름다울수록 쉬 멀어지고

이별 앞에 먼저 떠나지 못한, 나는
하나둘, 별을 세며 가는 나그네

가다가 못내 아쉬워 돌아보면
더러는 샛별처럼
더러는 전봇대에 붙은 색 바랜 전단처럼

길

다리 밑에서 주어 왔다는 말
이해할 수 없는 유년을 지나, 나는
어디서 왔는지 궁금해 하지 않았다

나를 이곳으로 데려온 사람은
보고픈 아버지와 어머니였으니

살아오면서 웃음보다는
찡그리는 날이 더 많았다 하여도

꽃피우고 꽃이 핀,
붉게 물든 가슴이 뛴 적도 있었다

하지만, 세월은 덧없고
첨잔을 채우는 소리 낭랑하기도 하여 슬픈 날

남은 길의 거리를 따지지 않는다
짧거나 길거나, 어쨌든 그 길 끝에는
그리운 아버지와 어머니가 있는 곳일 터이니

때로는 거짓이 되는 세상이 아름답다

아득히 멀어
갈 수 없을지라도

가슴 저리도록 아프면서
행여 속마음 들킬까

오늘 난 행복했는데
넌 어찌 보냈어, 라고 문자로 기록하는 일 따위

그리고 나를 다스릴 때
행복을 얻게 된다는 말과

완벽하면 사람이 아니므로
아파하지 말라는 말 다음 말없음표를 찍고 돌아서

핼쑥한 달을 보면서
걷는 그 쓸쓸함에 대하여 말하지 않을 때

가난한 시인 2

    얼굴만 자주 내밀어도 받을 수 있는, 그 흔한 문학상 하나 없는 가난한 시인은 인적마저 고요해 신은 풀벌레 노래를 들을 수 있는 예순일곱 번째 시월의 밤을 주었다. 붉은 계절을 불러오고 데려가는 바람 소리를 듣게 하고 별과 이야기할 수 있는 밤의 넉넉함을 주었다. 뱃속에서 저음으로 꼬르륵 울리는 소리 해무 속에서 흩어지는 뱃고동처럼 허무하지만, 아직 다 채우지 못한 낙서장은 여백이 있고 쓸 붓이 남아 있음으로 세월의 끝을 계산하지 않는다. 어둠이 익어갈수록 더 또렷해지는, 슬픔이 배어있는 풀벌레 소리 끊이지 않는데 허기진 하루를 채우려 걸음을 옮기지 않는다.

월인 쉼터

목탁 소리 은은히 흐르는
수타사로 드는 길목
늦은 아침, 편백 향에 끌려 찾아들면
봄바람이 남긴
호수에 잔물결 같은 미소가 입가에 피는
여인이 뽀얀 손으로 빚은 보이 차를 담은
노을빛 찻잔을 두고
창에 물든 산수유 꽃잎에서 시름을 씻다 보면
공작교를 넘어가는
스님 장삼 자락은 구름을 타듯 너울거리고
소리 없는 발걸음이 멀어진다
남는 것이 무엇인지
남길 것이 무엇인지
마음 한구석에 세 들어 있는
한 줌 어둠이 한쪽으로 기우는 저녁 무렵
벽을 따라 줄마다 은은하다가 요동치는
가야금 산조가 절정을 향해 일어서면
생각에 잠겼던 온기 잃은 찻잔을 두고 길을 나선다

가는 길 늦었을지라도 가다가 돌아보는,
오고 가는 것이 무상한데
무엇을 회상하려 공작산에 붉은 물이 들쯤
다시 오리라 약속을 두는가

*월인 쉼터: 홍천군 수타사 입구에 있는 찻집

단풍

오는 줄도 모르고
온 나는
칠 부 능선에서
온 길 돌아보고
너는, 비탈길로 오르는 사람들
옷을 물들이며 온다
산보다 기다리는 마음에 먼저 온다
소슬바람에 흔들리는
너는 가녀릴지라도
가슴은 붉어
내가, 이 가을이 비틀거린다

시인의 시

살아있을 시어를 찾아

늦은 밤도 마다하지 않는

핏발이 선 눈으로 아침을 맞을지라도

타락한,

명예를 쫓아가는 시인이 아니라

가난할지라도 슬픔을 보듬을 줄 아는 시인이 쓴 시는

삶에 지친 가슴에 별이 되고 꽃이 된다

출세를 탐하지 않는,

시인이 쓴 시는 거친 바람 속에도

은은하고도 맑은 향기가 난다

삼화사 풍경

마음 한 구석에 세든

한줌 어둠의 세상을

자비의 길로 인도하는

청옥산 바람 맑을수록 푸른 소리로 운다

뎅그렁 뎅뎅, 뎅뎅 뎅그렁

예순여덟 생일의 아름다운 만찬

회색 세상에서 길을 잃은 한 마리 여린 토끼와 네 마리의 영악한 여우의 아픔을 어루만지다 처절하게 타오르던 노을도 뒷산으로 숨어든, 날카로운 촉수를 얼굴에 들이대던 바람이 문밖에서 앵앵거리는 섣달 초이틀, 조금 늦은 저녁 미역국 대신 파도 소리로 버무린 한 사발의 잔치국수를 소반에 올린다. 그리고 촛불보다 더 빛나는 큰 별 여섯 작은 별 여덟을 불러 방안을 밝히고 아직 귀가하지 않은 찔레 넝쿨에서 수다 중인 참새 무리를 벗하여 반주를 겸한 축배의 잔을 든다. 한 모금의 소주에서 푸른 향기가 난다. 푸른 향기 속에는 자비의 길로 인도하는 어느 산사의 풍경 소리가 맑다. 어릴 적 우연히 들린 교회, 사랑만이 아름다운 세상을 얻는다는, 침 튀기던 늙은 목사의 목소리가 있다. 그리고 아버지, 어머니!

긍정적인 하루

성인봉에서 머뭇거리는 해를
끈적거리며 죽어간 시간을
등에 업고 찾아드는 골목길이 나른하다

하지만 넉넉한 하루 삶에서
며칠은 걱정하지 않아도 좋을
땟거리를 생각하면 발걸음이 가볍다

조금은 늦은 밥상머리
마주할 사람 대신 고향이 다가오는 저녁

냉장고에서
꺼낸 소주로 피로를 지운다

구름처럼 떠돌다
지워지는 하루의 끝이 달콤하다

붉은 단풍잎

그 아이에게 보냈던

설익은, 내 첫 고백처럼 붉다

세월이 간다고 다 붉어지지는 않는다

붉다고 다 아름답지는 않다

다 못한 고백은 가슴에 묻고

스산한 바람에 흔들려도

저, 아름다움은

아픔을 보듬은 세월이 있었기 때문이다

동지

새야, 새야
섣달 추위보다 독한
외로움을 먹고 크는 새야
도랑 건너
찔레 덤불에 앉은,
애인 없는 새야
긴 밤은
가지가지 사연도 짙더라

한 해를 지우면서

제야의 종소리도 들을 수 없는
불꽃놀이도 볼 수 없는 외진 곳

저무는 한 해와 새로운 한 해 사이에서
빈 감나무 가지를 울리는 바람과 별을 함께 한다

지난날들 시름이 깊었을지라도
저무는 한 해의 마지막 밤이 고마운 것은
새로운 해를 맞이할 수 있는 디딤돌이기 때문이다

한 살을 더 먹는다는 것은
그만큼 성숙해진다는 것
어제보다 더 올곧은 생각을 할 수 있다는 것

비록 한 해의 마지막 만찬은 빈약했을지라도
이제 오는 아침은 외면했던 것들을 품고
그것들로 소외되었던 시간을 나는 사랑해야 한다

진달래꽃에서 길을 잃다

최효열 지음

발행처·도서출판 **청어**
발행인·이영철
영 업·이동호
홍 보·천성래
기 획·남기환
편 집·방세화
디자인·이수빈 | 김영은
제작부장·공병한
인 쇄·두리터

등 록·1999년 5월 3일
(제321-3210000251001999000063호)

1판 1쇄 발행·2022년 2월 20일

주소·서울특별시 서초구 남부순환로 365길 8-15 동일빌딩 2층
대표전화·586-0477
팩시밀리·0303-0942-0478

홈페이지·www.chungeobook.com
E-mail·ppi20@hanmail.net
ISBN·979-11-6855-013-1(03810)